의기양양하게 쓸쓸한

심종록 시집

의기양양하게 쓸쓸한

달아실시선
82

달아실

보조 용언과 합성 명사의 띄어쓰기 등 본문의 맞춤법은 시인의 의도에 따른 것임.

시인의 말

시와 그림과 사진과 잡문

무슨 말이 또 필요할까.

2024년 9월

심종록

차례

의
기
양
양
하
게　쓸쓸한

2부. 나는 너다

3부. 도색잡기桃色雜記

― 유준의 그림에 붙여

1부

동백

동백

또 한 송이 떨어져

뚝

椿

허공이 도마며
단두대다

한 끼 따뜻한 밥 필요한 것이 어찌 빅토르 하라Victor Jara며
루스-우크라이나뿐이겠는가

108만 나유타 겁에 걸쳐진 허공 불국토며 천신계
인간 세상 아수라 지옥도를 방황하는 여래며
보살이며 건달바며 축생, 이름 없는 예수까지 알고 보면
오래 굶은 존재들

나, 허물 벗는 살모사, 흠 없는 어미의
살 헤집기 위하여 끊어 삼키기 위하여 그리하여 창백한

빛으로
　다시 살아오더라도 배곯지 말라며

　솟구치는 핏방울
　수미산에서 내려오는 저 붉디붉은 살점들

　악마디 긇어 내미시는
　봄의

　공양식

오후 3시의 선로에 비가 내리고
― 몬드리안 풍으로

오후 3시의 선로에 비가 내린다
말라가던 덤불 화들짝
나사로처럼 노란 꽃 매달고

비 갠 오후
달아오르는 선로 따라
낮은 지붕 엎드려 있는 역전驛前 골목
마라는 노란 꽃을 노래하며
화장에 열중이다
깊은 주름 마스카라로 감추고 붉게
입술 함초롬히 그리는 나오미

   달과 별빛과 바람의 상처마저 눈부셨던 호시절 나오미
는 마라였네 마라가 나오미였던가? 마라는 마하마야고
마하마야는 마라 파피야스 끝내 돌아서자 배 긋고 목까
지 매달아 여지없는 사랑을 증명한 구법승의
   희끄무레한 영혼처럼

   오후 3시의 선로에 또 비가 내리고

철길을 건넌 나는
우산을 접고
지붕 낮은 방으로 들어서네

노란 꽃을 배경 삼아
삐거덕거리는 침대에 걸터앉아
웃으며 시들고 있는
나의 그림자

푸른빛 하늘

가을 강

꼽추 춤사위의
풀려나가는 옷고름 같은 가을 강

나는 그만 끝장 보고야 말겠다는 심정으로 속살 탐하
려다 발부리 채여 꼬꾸라져서는 희열인지 오열인지 모를
것들을 토해냈던 것인데

본 척도 않고
윤슬 반짝이며 흘러가는 가을 강

강력하고 요망스러운
소문 사이로

푸른빛 하늘

저 푸른 초원 위의 집

1

청소년 여러분 밤이 깊었습니다. 이제 집으로 돌아갈 시
간입니다. 밤 열 시 시보와 함께 공익광고 들리던 그 시절

돌아갈 집이라니?

내게는
하꼬방도
비 새던 루핑 지붕도 없었지 내 거할 곳은
햇빛보다 더 밝은 푸른 하늘 저편에 있었고 아버지는
토리노에서 수의를 벗어 던지고* 부활하여 복의 근원
주 하나님 되셨다고
확신했지 오, 최후의 구속자여 지금 오소서 우리에게
강림하소서 손 흔들며 간구하는 하늘에는
함선 파피용처럼 모루구름 닥치고
퍼붓는 밤비 속에서 내 영혼은 문득 용감해졌지
살인하지 말랬는데 간음하지 말랬는데 도둑질하지 말
랬는데 그 계명 어기고도 세세토록 축복받은
여호수아처럼 다윗처럼

무스필리**에 열광하는 히틀러처럼

약탈자 부시처럼 호색한 트럼프처럼

맹목적으로 단단하게 발기해져서는

저 푸른 초장 위에 그림 같은 집 짓고

주먹 흔들며 외치네

성조기 옷 해 입고 태극기 망토 휘두르며 소리치네

벗으라면 벗으세요. 잔말 말고 갖다 바치라면 바치세요!

가스통 쇠 파이프 두드리며 일편단심

하나님 아버지도 까불면 내 손에 죽는다 외치네

　　황금제일사랑예배전주黃金第一私狼禮拜錢主의 소명 잊지

않고

　　외치네

2

파고다 공원 뒤편 칠 벗겨진 벤치

곤달걀과 소주병 마주 앉은 하나님

내 아버지는

밤낮으로

묵상하다 고자 돼버린
쟝세니스트

곤달걀과 소주 한 잔으로
다 이뤄버리고도 흥 일면
또다시 게걸스럽게
발기하는

최후의 만찬
— 코로나 시대

　황홀하지, 핥고 빨다가 먹어버리는 건. 버전을 업해 난도질도 해. 삶아 먹고 구워 먹고 튀겨도 먹어. 사랑이지. 사랑하면 따먹고 싶잖아. 따먹히고도 싶잖아. 절기마다 피와 살을 나눠 마시는 우리들. 엽기적인 사육제파들. 먹었으면 먹힐 줄도 알아야 하는데 여전히 꾸역꾸역 처먹기만 하지. 글로벌 팬데믹; 관계의 역전이야. 주도권은 이미 넘어갔어. 무저갱에 들어 쓴 잔이 지나가거나 빌어야지. 독수공방獨守空房의 히키코모리. 갇혀서도 다 알고 있지*.

* "不出戶 知天下"(『老子』).

취매역

세상이 마냥 헛헛하게 느껴질 때 취매역*으로 향하네
취매역은 도취와 몰입의 환승역; 좁고 딱딱한 나무 의
자에 앉아
술병을 까네 한 병이 두 병 되고 두 병이 세 병 되도록
때로 누군가의 손이 어깨에 닿기도 하는데 돌아보면 아
무도 없네
그건 당연한 일 오래전에 나는 사랑을 망가뜨렸으니
이제 내게 남은 건 아릿한 슬픔과 모르핀 같은 회한

남루한 사내가 이내를 털고 들어오네
여기저기 기웃거리다 파삭 늙어버린 사내를 어디선가
만난 적이 있네
나는 고개 돌려 외면하네 관계는 끈적거리는 먼지와도
같아서 따분하기 짝이 없고
오래전에 나는 나를 죽였으므로 은화 서른 냥에 피밭을
산 사내처럼

회한과 대작하며 마시는 동안 깜빡 잠이 드네

복숭아 꽃잎 떠서 흘러오는 취매역 폭설 쏟아지는 취매
역 토네이도 휘몰아치는 취매역 울컥 울컥 토악질 올라오
는 취매역

　비틀거리며 취매역에 내리네
　자욱한 안개 매구처럼 나를 감싸네

* 취매역醉呆驛. 남춘천역 풍물시장 안에 있었던 주점.

폴리덴트

아랫니가 빠져버렸다 통째로

오르니토케이루스Ornitoceirus를 잡아먹었던 라스코인들
이나

불의 말씀이 혀에 내리기를 갈구하던 성령과 사도들처럼

맥주 마시고 노가리 뜯다가

낭패다

제국 시절

세상에 만연한 혼돈 종식하려 전쟁 일으킨 후 테오티우
아칸 신전 개관식에서

수만 명의 목을 쳐 희생 제의를 치르고

피와 살을 즐겼던 왕의 어금니도 성치는 않았을 것이다

그런가 하면 대성당들의 시대에

팡틴은 생니를 뽑혀야 했다 먹기 위하여

이빨 없이는 씹도 못 하는데

썰도 못 푸는데

시청률 높은 먹방 보여주려고

속풀이 쇼 동치미 출연자들 카메라 앞에서

버섯 대가리 솜씨 좋게 썰고 날렵하게 고기 뒤집는 틈
노려

생니 뽑은 자리 임플란트 기둥 열두 개

박아놓고 잠적해버린 치과 원장이며

화천대유火天大有*의 주인공들은

어디로 내뺀 것일까

왈그락거리는 세상

유도리 없게 잡아준다는 폴리덴트

접착제인지 집착제인지 알 수 없는데

붕** 못된 봉들만 남아

덜거덕거리는 틀니 폴리덴트로 고정하고

노가리 씹는다

왕년에

왕년에

침 튀겨가며

* 주역에 나오는 괘의 하나. 성남도시개발공사의 대주주였던 〈화천대유
  자산관리〉 부동산 개발회사로 더 잘 알려졌다.
** 鵬은 鳳의 옛 글자다. 鳳의 뜻이 변해 잘 속는 어수룩한 사람을 일컫기
  도 한다.

하나비花火*

1
허공은 자동 절단기
미풍조차 없는데
철커덕 철커덕
가래떡 썰리듯
목 잘리는 순교자들
라 단타**의 포로들
잘린 모가지 굴러떨어질 때마다
루드라의 스텝은 더욱 가팔라지네

세존도
예수도
공자도
무신론자도
회의주의자도
유모차 끄는 구직 청년도
아이를 낳아본 적 있는 소녀도 넋을 잃고
바라보는
하나비

바흐무트에
가자지구에
레바논 골짜기에
증오와 차별뿐인 마음에
열압폭탄 터지네

붉은 피 노란 물 검은 버섯 연기
피고 또 솟구치네

자비로운 신의 이름으로
평화의 이름으로

2

꾸준히 받은 까르마를 실행해나가는 존재는 축복받은
감각을 통해 자아를 감지하게 되며 그때 그는 아무런 슬
픔도 갖지 않게 되리라.***

* 꽃불. 야마시타 기요시山下淸의 꽃불 그림이 유명하다. 같은 제목의 영
  화도 있다.
** 과테말라 엘 미라도르에 있는 마야 문명 유적지. 지금은 높이가 72m
  에 달하는 돌덩이 흔적만 남아 있다.
*** 『까타 우파니샤드 20』(한길사). 참조.

동시에

라일락 향기 콧속을 파고드네
관능적인 사랑의 헤펐던
저 웃음소리 들은 적 있네

언제였더라 쇼윈도 두드리는 봄비
갈 길 몰라 저녁이 아득해질 때
소리 없이 다가와 입술 훔치던 사랑, 그리고 깔깔대며
콧구멍 속으로 파고들던 라일락 향기
에 떠밀려 어질했던
봄날 저녁도 있긴 했다
꿈인지 생신지 또 다른 생의 기시감인지 도무지 모르겠
는데
  그때익 나는 분명 아닌 지금의 내 귀에
  라일락 향기 같은 웃음소리

  문 쾅 닫고 그대 떠났을 때
  안에서 문 쾅 닫는 소리 동시에 들렸던 것처럼

불닭 치킨

아카시 숲은 햇살들의 수다로
소란스럽다 유월의 아카시 숲은 초록 바람의 향연으로
향기롭고

운동화 끌며 홀린 듯
숲속으로 들어선다 산바람
여유로운 골짜기엔 계류溪流도 있어 전도 나온 건지 야
유회 나왔는지
남녀들이 계륵鷄肋 포장 용기 쌓아놓고
흐르는 물에 발 담그고 손 맞잡고 둘러서서
주 하나님 지으신 세계 어쩌고 하면서
찬양하네 조계사曹溪寺 앞에서 마이크 들고 떼 지어
믿음 천국 불신 지옥 외치던 복음결사대福音決死隊처럼
불신자들 불로 지져지기를 바라면서 오직 믿음으로
구원받았다 맹신하며 진노의 날 촉발하는 환각도착자
幻覺倒錯者처럼 생각해보니

나도 다르지 않다
나는 불타는 치킨하우스의

숯불구이 불닭 치킨에 목을 건다 그리고

나의 주는 소주며 막걸리, 때로 데낄라

타는 듯 붉은 입술로 매운 살 발라 먹으며 잔 부딪쳐오
던 영희도

방실이도 덧없이 왔다가 떠나버리고

나는 땜통 맞은 아이처럼 전선야곡이나 들으며 에어프
라이어 온도 끝까지 올리고

맛이라도 제대로 보겠다고

식어버린 불닭 치킨을 데우고 주를 찾는데 없어

뜨거운 불닭 치킨 입으로 가져가다가 섬뜩해져서

바라보네 지옥 소스에 지져진 불닭 치킨 한 조각이

나를 막 삼키려는 장면을

창밖은 어느새

아카시꽃 저버린 때 이른 여름

치우친 고독

지독한 열에 잠식당한 탓에
내이內耳가 타버렸어요 당연히 말을 배울 수도 없었지
요 들리지 않아
어쩌다 터져 나오는 말은
덫에 걸린 짐승의 울부짖음 그래서
고독도 몰랐을까요 농아학교에서
그 사람 만나기 전까지는
나를 탐하는 노골적인 눈빛
에, 폭했넌 사람의 쌀이 닿을 때 느꼈넌 넝혼의 떨림
결국 고독에 빠졌고
고독을 앓았지요
텅 빈 동굴 속에 어른거리는
나의 고독
나는 고독을 욕망하고
고독과 연애하고 고독 속에서
고독을 오독하고
오독된 고독이 나만의 전부라 믿으면서
살았지요 그 사람 앞에서 나비 핀 머리에 꽂고 꽃무늬
앞치마 두르고

책상과 책상다리 사이를
의자와 의자 밑의 바닥을
개수대에 쌓인 설거지 그릇에 묻은 식탐의 찌꺼기며
창틀의 먼지며 소음 털고 닦아내면서
고독에 집중했어요
호박꽃에 집중하는 꽃등에처럼

그런데 고결하지 못하게 구취는 왜 자꾸만 심해지는지
비참한 심정으로 거울 앞에 서서
치약 거품 입가에 묻히며 골똘히 이빨 구석구석
닦고 헹궈내지만 역부족이에요
등에에 시달리는 이오처럼 참혹해져요
구취는 강박적으로 도도해져서 이제는
내가 구취로 이루어진 것만 같은
나는 없고 구취가 살아 나를 이루는
끔찍한 구취의 열망, 옥죄는 구취의 까르마 그렇다면 나를 버리는 것은
어떨까요 구취가 나로부터 해방될 수 있도록
내가 구취를 탈출할 수 있도록

용기는 필요해요

못 마시는 소주를 세 병 들이켜고 비틀거리며

15층 아파트 복도로 나가

서성거리다

서성거리다가

호박꽃 부단히 파고드는 꽃등에처럼

치우친 고독처럼

허공 속으로

무음 속으로

푸른 시절
— 김현식 형에게

외딴 골목
조금은 쓸쓸하고 외로운
사람
구족계 받기 위해 수행 중 육탈해버린 사미승처럼
자진도 불사하는 사랑을 해버린 노인처럼
요지부동이더니

비바람 요란하다 말짱하게 그친 봄날 아침
기적이나 은총
뭐 이런 신령의 화신이라도 된다는 듯
불붙은 떨기나무라도 된다는 듯
세상 모든 슬픔을 압도하는 표정으로
항마촉지인의 자세로
꽃을 들어 보이네

하다못해 곧추세운 가운뎃손가락에서도 엉글거리는
이 발칙한
염화*
나는 참 기분이 좋아져서

휘파람 획획

하늘과 땅 사이
의, 협곡까지 달뜨게 하는
꽃비
멈추면
그치면
푸른 시절

* 여러 가지 의미가 있다. 拈花. 染化. 炎火. 鹽貨. 染畫. 拈華. 선택하시길.

씨앗

1

무심코 버린 담뱃불이 산을 태워버리듯
뜻밖의 원전 사고가 죽음의 도시를 잉태하듯
어떤 사랑은 섬광閃光으로 닥쳐 첫눈 속에서도 시커먼
재를 남긴다.

2

지독하던 열병도 시들해지는 시월 어느 날 골목길 들어
서는데
뭔가 툭, 정수리를 때린다.
지난여름 무성했던 나팔꽃 줄기 - 그 말라버린 씨방에
서 떨어진 씨앗 한 알
그대에게 온전히 소신공양해버린 마음

상처는 아물어도 트라우마는 눈부신
섬광보다 먼저 도착한
한 톨
씨앗.

영희와 새와 고양이와 꽃
— 도도 영희 53번째 전시회를 축하하며

영희는 모자를 쓰고 귀걸이를 하고 스카프를 맨다
그 광경이 애타도록 눈부셔서
새는 또 서쪽 산에서 날아와 치근거리다
"색 쓰고 싶어, 당신과"
영희를 갈망하는 새는 정위*

영희의 손길에
붉고 하얗고 노랗게 졸던 꽃들 깨어나
피가 도는 생생한 계절

쇄골을 드러낸 영희가
지는 꽃에 슬퍼할 때
가토 네로**는 속삭인다

모든 존재는
빛의 이끌림
빛의 유혹 그리고
스스로 빛나도록 사라지는 일
허무뿐일지라도

영희는 사막의 달빛처럼 도도하고

꽃들은 흐린 날의 번갯불

고양이는 겨울밤의 시린 별처럼 울고

부리 붉은 새는

고통에 매료된 색채를

세상 안으로 물어 오네

* 신농씨의 딸로 원래 이름은 여왜女娃. 동해에서 놀다 빠져 죽었다가 새
  로 환생해 서쪽 산의 나무며 돌을 물어다가 자신이 빠져 죽은 동해를 메
  꾸는 일을 지금도 하고 있다. 정위전해精衛塡海라는 고사성어의 유래다.
  이룰 수 없는 목적을 달성하기 위해 온갖 고난을 마다치 않는 예술가의
  초상이다.
** Gatto Nero. 검은 고양이라는 의미.

나는 호랑이가 좋아
— 임인년 새해, 송남의 <범 내려온다> 전시회를 축하하며

나는 호랑이가 좋아
상모 돌리면서 벅구춤 추는
호랑이가 좋아
고깔모자 쓰고 자반뒤집기하는
신명난 이 땅의 호랑이가 좋아

나는 호랑이가 좋아
곶감에 놀라 도망치는
순진한 호랑이가 좋아

나는 호랑이가 좋아
더운 여름날 웃통 벗어던지고 밭일하는
사람 발견하고서 너무 좋아
막 웃다가 이크! 여기서 웃으면
저게 알고 도망갈 거야 어디 가서 마음껏 웃다 와
잡아먹어야지 했다가 날 저물어 허탕 친
어리석은 호랑이가 좋아

나는 호랑이가 좋아

오누이 따라 하늘 오르다가
썩은 동아줄 끊어져 수수밭 붉게 물들인
궁둥이 크게 찢어진 호랑이가 좋아

하지만 웃으면 안 돼
큰일나

순진하고 어리석고 신명 가득하고 궁둥이 큰 호랑이가
작심하고 일어나 크게 한 번 어흥! 울면
파사현정이 이루어지거든
간악무도한 패거리들의 간담이
서늘해지거든
앞발 쳐들고 한 번 후려치면
흉악무도한 것들이 먼지처럼 흩어지거든

그런 날이 곧 올 거야
오고말고

함께 가는 길
— 봄과 수미의 결혼을 축하하며

삭풍과 눈보라를 견딘 꽃나무들 황사 속에서
가지마다 켜켜이 등을 내건다

환해지는 세상
눈 부신 빛 그늘 오르내리며
벌 나비 소란스러운 날

먼 길 함께 가려고 서로 손잡고
첫발 내딛는 봄과 수미; 오늘 이 아침
피는 장미꽃 이슬 맺히지만 때로
뙤약볕 사구, 날카로운 가시덤불 위태로운
너덜겅 건너야 할 때도 있지
그럴 때 누구라 할 것 없이 먼저 들어온 사람
조용히 불 밝혀 짙은 어둠 몰아내고
따뜻한 차 끓여내어 건네며
부르튼 마음과 부르튼 상처 서로 다독였으면

그리하여 투명하게 밝아오는 새날에
언제 그랬느냐는 듯 시원으로부터

쉬지 않고 흘러내리는 계류인 듯
봄놀기를
수미산자락
산돌림 그친 후 뜨는 무지개

다시, 봄
― 고 노무현 대통령 서거 13주기를 기리며

사람 사는 세상을 향해 바람이 붑니다
엄벌난 사랑 돌아오듯 바람이 붑니다
붉고 하얗고 샛노란 애기똥풀이며 개별꽃
지칭개 만개한 묘지 지나
환멸로 잠들었던 사람의 마을로 바람이 붑니다
비와 함께 옵니다

빗방울 떨어지자 튀어 오르는 마른 흙 알갱이들
해갈 끝에 소란스러운 꽃나무들
잠들었던 사람도 깨어나 무거운 수의를 배내옷으로 갈
아입습니다

가야 할 길
사람의 길

꽃나무들이 일제히 등을 내겁니다

2부

나는 너다

나는 너다 49

다 잘살았다 간다. 외쪽생각으로만 맴돌아 말 한마디 건네지 못했던 나의 사랑도 이제 안녕이다.

차표 한 장이 없어 밤새 걸었던 철둑길을 오늘은 청춘 열차가 내달린다. 우파라반나 닮았던 내 사랑이 봄빛에 취해 망가졌던 곳, 지금은 모텔과 호텔이 톰의 벌목공*처럼 서 있고

동정同情스럽게 내리는
봄,
빗속에서 방황하는 흑치요부黑齒妖婦**여

찾아 헤매는 천국이며 지옥 따위는 마음의 농간弄奸, 그러니
우리 지금 여기서 사랑하다가
황량한 모래톱에 묻혀서도 오만한 왕의 낯빛만큼이나 의기양양하게
쓸쓸해져버리자.

* 『에로스 훔쳐보기』(1995, 도서출판 심지). p205 도판 참조.
** 에도시대 일본에서 결혼 전후의 여성들은 이빨을 검게 물들였다. 검은 색은 변하지 않아 정절을 상징했기 때문이다. 한편 흑치요녀お歯黒べったり 는 달걀형 얼굴에 입만 있는 요괴다. 인기척이 뜸한 밤에 길가에 서 있 다가 지나가던 사람을 부르는데, 뒤돌아보면 새까만 이를 보이면서 씨 익 웃는데 눈과 코가 없다고 한다.

나는 너다 15

1
문 좀 열어봐
부숴버릴 거야
열리지 않는 세상 앞에서

발기하는

2
밤이 삭아
뱀 실눈뜨듯 뿌리 뻗고 싹 트고 잎 피고 꽃조차 피고 지
고 한세상 둥글어지면
발아뇩다라삼먁삼보리심에 휘둘리는
허영청에는
또

두통이며
치통
생리통

울화통 하여튼

그 못된 놈의 상사통相思痛과 육신통六神通

포함 108가지 고집불통苦集怫通스러운 존재가

당신이 즐겁다면 나도 즐겁다는 표정으로

재기발랄한 안색으로

막막하고 먹먹한 형용으로 솟아나서

몸을 말리는 것이다

나는 너다 1

새벽잠에서 깰 때마다 물건이 시들었다. 시들어서 요지
부동이다. 지난밤 꿈속에서 멈출 방법을 모르는 에너자이
저처럼 생생하게 꿈틀거리며 빛나더니

숨 막혀 고개 내밀었다가 언뜻 바라본 수면 밖 세상에
혹해 미련 없이 솟구쳐 날아가버린 추어稚魚처럼 새장 속
에 갇히길 거부하는 목소리 고운 카나리아처럼 유혼遊魂*
이 훌쩍 사추리 사이의 거푸집을 출가해버렸다

하긴 그 좁고 음습한 곳이 얼마나 갑갑했을까. 유혼 떠
나버린 거푸집은 바람 빠진 풍선처럼 쪼그라드는데 나는
또 그것이 안쓰러워 비아그라라도 처방받아볼까 하다가
아니다, 아니다, 참회한다. 경經에도 이르지 않았던가 무
릇 모양 있는 것은 다 허깨비니 만일 모든 허깨비가 허깨
비 아님을 본다면 마땅히 진아眞我와 맞닥뜨리라고

초파일 아침, 푸석한 소나무 둥치를 뚫고 솟아나는 진
아의 꿈**
오갈 데 없던 유혼을 곡신谷神이 품어 새로운 발기를

이루었구나

* 유혼. 지식 백과에 의하면 허한 증상이 심하여 혼魂이 몸을 떠나는 것이
  라고 한다. 기독교에서는 '육신이 죽은 영혼', 즉 '음부 아래 떨어진 존
  재'라고 하는데, 남회근 선생이 쓴 『주역 강의』에 의하면 '물질 이면의
  어떤 원리'를 가리키는 말이다. 精氣爲物 游魂爲變 是故知鬼神之情狀.
** 《김만수 히트전집》(1992)에 실린 곡. "꿈 많아 떠나간 소녀 진아는/
  먼 훗날 언젠가 나에게 돌아와/ 기나긴 꿈속의 얘기 하겠지".

나는 너다 2

마침내 또 한 생을 사네. 고소한 땅내를 도리질한 것은 두려워서였지. 멸죄생선滅罪生善의 외로움은 견딜 재간이 없거든.* 나는 미사일처럼 뜨겁게 분출했네. 세상 안으로 나온 것인지 세상 밖으로 들어선 것인지 모르겠지만 벼락은 뛰놀고 천둥은 노래했네. 꿈결인지 생시인지 흐린 오후의 지상을 싸락눈이 덮고 있었네. 땅이 풀리고 생강나무 싹이 돋아 바람을 애무하는 소란에 눈 떴는데 아뿔싸! 꽃피는 봄날을 건너오는 그대를 보고 말았네. 보기만 해도 음심이 돋다니 습한 기운이 버섯을 내듯 꿈속에서라도 사랑하고 싶었네. 색이 공이고 공이 색이라지만 색이야말로 색이네 그리하여 색골처럼 굴고 싶었네. 당신을 공들여 색칠하고 싶었네.

* "지옥이란 이 세상 관계들이 죄 끊겨지는 삶일세"(황동규, 「지옥의 불길」 중에서).

나는 너다 3

장맛비 열흘
몸과 마음의 어느 곡절에서도 곰팡이는 피고
붉은 면발처럼 툭툭 끊어지는
세상의 모든 길

절개지에 솟은 너는 이 여름 세찬 비바람 속에서도

연민도 증오도 없이

비닐 덧댄 창문 혼신으로 막아서는 빗줄기 가운데
   식구 없는 저녁을 먹고 혼곤히 쓰러져 잠든 사람 인기
척 없는
   이 아침 장맛비 잠시 그치자

차고 부드러운 표정으로 나타나
인사한다

나도 덩달아 인사하는
이 아침

나는 너다 4

이 아침, 나는 또 달걀 껍질을 까며 생각하는 것인데
삶은
달걀

간밤엔 인기척도 없이 비가 내려서
흐린 날은 마스크 팩 벗어버린 얼굴로 맘껏 푸르렀고

소풍이라도 가려는지 아내는
달걀 삶고 김밥 마느라 분주하다

김 한 장, 넓게 펼친 밥에 시금치며 우엉이며 단무지
짭짜름한 햄과 맛살 놓고 말아서 썰어놓은 면은
한 호흡에 흩어지는 윤원구족輪圓具足의 모래 만다라처
럼 보이기도 하는데
화장 안 해 흰 머리칼과 주름살이 더 선연한 아내의 얼
굴이야말로
날것의 만다라 아닌가 이 아침 삶은
달걀을 가르니 쌍란이다 노른자위 두 개를 보고
아내는 탄성을 지르고 삶은 기쁨투성이라는 듯

불현듯 목이 멘다
언제 닥칠지 모르지만 결국은 죽음에 먹힐 때까지
이생 함께 헤쳐나갈 도반이여

시비며 분별, 연민과 집착으로 들끓는 마음 식힐
소마* 혹시 있을까 냉장고 연다

* 인신 공양의 시대에 신들이 마시던 불사약인데, 희생제물들이 마시기도
  했다. 어떤 문헌에는 광대버섯이 소마일 것으로 추측하기도 하지만, 나
  는 소주와 막걸리를 소마라 부른다. 나는 소마를 먹고 소마는 나를 마
  신다. "나는 먹이이면서 먹는 자다."(『타이티리야 우파니샤드Taittiriya
  Upanishad』).

나는 너다 5

참살 통통한 엉덩이 드러내고 엎드린
저 자세,

버섯도 참회*할 줄 안다 외치고 싶지만

죄? 그딴 게 어딨어
순간의 광휘였다 사라질 뿐 이슬처럼 번개처럼

* 만 레이Man Ray의 사진, 〈기도La Priere〉 참조할 것.

나는 너다 9

나는 음흉한데 너는 노골적이구나
나는 내숭인데 너는 화끈하구나
나는 이 악물며 무너지지 않으려 안간힘인데 우뚝 선
미사일처럼
너는 당당하구나
이 가을 맑은 바람과 명랑한 햇살 앞에서 아름답구나

그 옛날
목사관 딸이 채찍 들고 엉덩이를 때려주기를 갈망하던
루소처럼
황금궁전 박차고 나온 와스디*처럼
"아빠, 아빠, 이 개자식, 이제 끝났어." 절규했던 시인처럼**

도도하구나
고고하구나
후회도 뉘우침도 없이

동산에 달 떠오면 처절하게 우는
짐승을 닮은 너는

* 문서에 기록된 최초의 여성 페미니스트가 아닐까? 『에스더서』에 의하면
  남자의 명을 거역했다는 이유로 분노한 아하수에로 대왕에게 쫓겨난 왕
  비였다. 그녀의 뒤를 이은 에스더가 남성에게 순종했다는 이유로 축복
  을 받았다고 전한다.
** 실비아 플라스의 시 「아빠」 중에서. 게일 루빈 선집 『일탈』에서 재인용.

나는 너다 13

1

치마버섯을 잘못 발음하면 치마벗어가 된다.

2

티 없이 맑고 환했던 수작질이 못마땅해

무화과 잎사귀로 치부를 가리게 한 야훼

몰래 뒷방 들어가 엉덩이 까 내리고 누이 오줌 누는 모
습을 훔쳐보던

3

치마버섯을 보는데

잘못을 저지른 벌로 바지 벗기우고

수치심과 떨리는 희열 속에서

목사관의 소녀에게 매질을 당한 매저키스트 루소가 생
각난다

그의 고백록은 관능과 죄의식의 체험 수기다 그리고

멍청아, 문제는 경제야 외쳤던 대통령에게 오럴 해주고

페미니스트들에게 버림받은 르윈스키도 회고록을 남겼
는데
리트비아에서 나쁜 남자*는 결국 입을 다물고 말았네

치마버섯은 백색부후균
썩은 나무에 새 생명을 불어넣네
불도를 이룰 수 없었던 비구니
다섯 가지 장애를 홀라당 벗고 변성남자가 되듯이

페티시스트 음흉 시인은 그러나
시스의 고苦며
러플드의 집集이며
머메이드의 멸滅이며
A-라인의 도道를 찾아 오늘도
숲에 들어가네
구두도 못 신고 의복은 낡았어도
아름다운 갈색 눈동자 다시는 사랑하지 않겠어요** 휘
파람 불며

* 김기덕 감독 작품

** 구전가요 〈산 아가씨〉와 코니 프랜시스Connie Francis의 〈아름다운 갈
색 눈동자Beautiful Brown Eyes〉의 가사를 혼합했다.

나는 너다 11

산사태로 생긴 절개지에서 내려가는 중이었다
발 디딜 때마다 제동 못 한 설사처럼 또 주루루룩 흘러
내리는데 앗차차!
바로 앞 움푹 팬 눈구멍
바닥이 보이지 않는 무저갱
떨어지면 골로 가는 찰나 억센 풀뿌리가 손 내밀어 나
를 붙잡았다
일렁이는 파도에 사로잡혀 떨고 있는 제자들에게 두려
워하지 말라며 손 내민
갈릴리 어부처럼

이 불가사의한 땅 어디서나 잘 자라서
주린 배를 채우고 상처 아물게 했던 한삼덩굴이며 이모
초 질경이
쑥이며 냉이들 따위가
구세주며 미륵, 약사여래의 분신 아닌가 생각하며 한숨
돌리는데

아드님을 밸 때도 순결했고 아드님을 낳을 때도 순결

했고 아드님을 품을 때도 순결했고 아드님에게 젖을 먹일
때도 순결했던*
   팔꿈치까지 오는 검은 장갑에 검은 개가죽 목걸이
   검은 부츠에 검은 망사스타킹 검은 아이라인 검은 립스
틱의 입술까지 온통 순결한
   이집트의 성모**가 근심스러운 듯 나를
   지켜보고 있었다

   이마를 댄 후
   속살에 입 맞춰 경배했다

   숲은 고즈넉하고
   햇살은 바람에 씻겨 말간 오후

* 성모에 대한 아우구스티누스의 신앙고백.
** 알렉산드리아의 창녀였으나 회심하여 요단강 건너편 사막에서 40년의
   고행 끝에 영혼을 정화하고 천국으로 들어갔다고 한다.

나는 너다 21

심야 지하철에서 입맞춤하려는 애인처럼
치한처럼
기습폭우

AK플라자 지하 화장실에서
오줌 털고 올라오니
황금만능사랑교회 보상금 흘러넘치듯
침수된 반지하 창문 앞에 쭈그려 앉아 홍보용 사진 찍
느라 아비규환에도 귀먹어버리듯
차도 인도 구분 없는 흙탕물
하늘뿐 아니라 맨홀 위로도 솟구친다
혼비백산 아수라장 망연자실이다
세상 주인인 양 득세하는 인간이 힘든 하늘과 땅의
몸부림이라지만
오수汚水에 갇힌 나는 그대로 수인囚人

물 빠진 길은 진흙투성이 그러나
뒤엉킨 실타래처럼 곰팡이를 자라게 하고
유실수를 키운다 생각해보니 나도 음양 괴기한 어머니의

포궁胞宮 속에서 잉태되어 아침 태양도

청라 더샵 레이크파크도 비트코인도 자비로우신 여래

도 천주도 강박증에 시달리는 애인마저도

사랑하는 것이다

나는 너다 35

바닥 솟고
하늘 꺼진
수미산이 어디냐면
내가 오르고 있는 이 산길, 지금
싹쓸바람에 나뭇가지며
덜 여문 것들이 떨어져
시퍼런 융으로 깔려 있고 바람은
청량하고 햇살 말간데

묘족천 미륵 만나러 가다가
핏방울처럼 알알하게 나토는
눈부신 알살 보았네

탐도삼매의 스투파를
무주신보시無主身布施에 열중인 피오렌티노; 순백의 스
타킹으로 옥죄어 더욱
눈부시고 깊은 블랙홀을

도의 내력*을

환하게 나투는 저
귀물을 나는

또
아집我執하는 것이니
여래 보기는 애초에 글렀다.

* "一陰一陽之謂道."(『周易』).

나는 너다 36

옛날 지나 지금에 도달한 사람이 있다. 지금 그의 눈앞에 내일이 쓰나미처럼 밀려들고 그는 내일을 향해 나아가려 하지만 여전히 지금에 붙박여 있다. 마이클 잭슨의 스텝처럼 앞으로 나가려 애써보지만 결코 내일에 닿지 못한다. 언제나 지금뿐이다. 내일은 항상 유보된다. 옛날만 첩첩산중 쌓인다.

그에게는 도무지 내일이 없다. 남은 건 치유 불능인 생의 오류를 파고드는 회한뿐. '이 성지는 거듭난 이의 소유지입니다. 무명인의 출입을 금합니다.' 사르나트의 경고판 앞에서 불편한 손으로 라이터 불을 켜고 담배를 태운다. 산딸나무; 이차돈의 목이 잘리면서 뿜어져 나온 피 같은 꽃이 부글거리는 유월의 도피안到彼岸. 휘갑치는 모습으로 마귀광대버섯이 솟는데 차안에서는 약에 취한 래퍼가 아비에게 퍽을 날린다. 통수권을 노리는 정치가는 손바닥에 왕王을 새기고 유튜브에 등장한다. 모두 내일을 도모하려는 지랄발광知剌發光인데

그의 오늘은 왜 이리 부당하고 안달하며 닿으려는 내일

은 왜 이리도 매몰차게 지금을 스쳐 옛날이 되나. 내일 가려는데 어제 도착하고 만* 것처럼

* "是今日適越而昔至也."(『壯者』).

나는 너다 44

새 빠지게 색색거려야 뭐라도 이룬다.
태어난 지 열흘도 안 된 아가 죽기 살기로 어미 젖 냄새 찾아 빤 후에
똘망똘망 눈 뜨듯이
목탁 두드리며 밥 빌어먹은 중 발 씻고 또 가부좌 수십 년 튼 후에야 한 소식 얻듯이
백척간두 너머까지 밀어붙여야 뭐라도 보고 또 안다.
심 봉사처럼 바스키아처럼 테스 형처럼 그렇지 몸도 마음도
극에 닿아야 꽃핀다 연예인도 삐끼도 추수꾼도 보험왕도
스포트라이트를 받는다

그런데 성공한 사람만 있어봐라
세상이 뭐가 되겠냐 그야말로
구더기 떼 우글거리는 목관木棺 아니겠느냐

나비는 그래서
마가렛 만발한 초원 묘지에서도
파랑 넘실거리는 사막의 신기루나 세간의

풍문에 시달리면서도 일만 육천 년을 꽃피우는 나무*와
수작하다가
　홀연히 사라지는 것이다

* "대춘이란 나무는 팔천 년을 봄으로 팔천 년을 가을로 하였다."(『莊子』).

나는 너다 12

그가 웃네
골똘한 표정으로 미간에 주름 깊은

망우리忘憂里 공동묘지 오르는 길
헝클어진 머릿결
눈보라 치는 여름날을 겨울 외투로 감싸고
주먹밥 한 덩이 든 그가

현무암 얼굴에
기쁨이 토끼풀처럼 엉겅퀴처럼
무성해서는
웃네
활짝

세상이야
모다기비 쏟아지는
만경징파

사철의 봄바람 불어 잇고

나는 너다 23

잿더미 속에서 되살아나는 불씨, 욕망이란 그렇게
나를 태우겠지만
일렁거리는 그 빛 없어봐라
어둠에 사로잡힌 몸이
어떻게 환하겠느냐

사과꽃 찔레꽃 사정없이 두들겨 패는 우박
원망스럽지만 한
없는 세상은 또 얼마나 지루하겠느냐

생자필멸 따위의 진언도
여성은 불이고 남성은 연료이며 매력은 연기고 요니는
화염이며
쾌락은 불똥이라는 오정심관으로도
빛나는 곳이 속세라서

익사체 한 점
눈물 한 방울

반투명의 빛과
몸을 섞는다

땅 위에서
하늘 아래서

나는 너다 28

산도깨비들의 놀음판을 기웃거리다 된통 당했다. 깜냥
도 안 되는 것이 멋모르고 끼어들었다 치도곤을 당한 것이
다. 얌전히 관전이나 할 것이지 주제넘게 훈수라니, 아
다리나 사석, 자충수 정도 아는 주제에 중뿔난 것처럼 끼
어들었다가 휘둘렸다. 그도 그럴 것이 그들의 바둑돌이
모조리 검은 것이라서 나는 검은 돌은 돌이 아니라며* 핏
대까지 올렸던 것인데

어설프게 가락 떼다 꼴같잖게 당해 팔꿈치며 무르팍 까
이고 얼굴 긁히고 이마에 혹까지 달고 하산하는데 똥은
왜 또 그리도 급하게 마려운지

산속 카페 문 잠긴 해우소 앞에서 금방이라도 쏟아질
것 같은 근심 움켜쥐고 먼저 들어간 사람 나오길 기다리
는데 통기타 반주에 실려 오던 울고 싶어라…… 그 생생
하던 생사일여의 순간!

* 「백마론白馬論」(『공손룡자公孫龍子』) 중에서.

78

나는 너다 17

어디선가 울음소리 들린다
밤비는 내 등을 자꾸만 떠미는 중이다
나는 한 번도 발을 들이지 못한
아나하 빌라 단지 그 불야성 속의
쥴리와 여영*이 시중든다는 성지 아레나를 훔쳐본다
유튜브에서는 낡고 오래된 노래가
스크래치난 엘피판처럼

즐거운 곳에서는 날 즐거운 곳에서는 날 즐거운 곳에서
는 날
오라 하여도

내 쉴 곳은 여기 없네
이 세상엔 없네

어디로 가야 하나 백주에 아들 빼앗긴 아비는
압사한 딸 가슴에 묻은 어미는

다시 울음소리 들린다 한숨 내쉬고

젖은 몸 추스르며 소리가 들리는 곳을 향해 묻는다

뭐 하니?
희미한 대답

밥 먹어요
무슨 반찬?
개구리 반찬
죽었니? 살았니?

크고 날카로운 울음소리

비 새는 늑골 의지처 삼아 식욕 왕성한 구미호 산다

* "帝之二女"(『山海經-中次十二經』).

나는 너다 18

불멍을 한다
오갈병 든 대추나무의 불꽃 바라보는 일은 어쩌면
삼세의 인연을 투사하는 일이기도 해서
기쁘기도 하고 짠하기도 하고
때로 경이롭기까지

불꼬챙이 들쑤셔 가짓불 살리면
날아오르는 불티, 지난날
갠지스강 화장터의 화부가
덧불 잘못 피우는 바람에 태워버린 삼계화택三界火宅의
무너지는 서까래 속에서 솟아난
불티

해무로 떠돌다
바람에 쓸려
남쪽 바닷가 언덕으로 올라온
해당화 붉은 열매 같은
불티가

2021년 시월의 마지막 날 밤을 시나브로 밝히고 있는
것인데
빕더선 화상이 퉁을 놓는다
애들이여 불장난이나 하게?

어린아이처럼 생각지 못하면
환희 또한 없으리니*

십방삼계 모조리
타는 불꽃의 일렁거림이나 붙박인 마음**이 만들어낸
환시幻視

함부로 피어서는
팍,
고꾸라진다

* 『마르코복음』 10장 15절에서 빌려옴.

** 『화엄경』에 "一切唯心造"라는 말도 있거니와, 『바가바드기타』에는 이런 구절이 나온다. "인간은 육신을 버릴 때 마지막으로 생각하는 것에 따라 다음의 삶을 얻으리라. 그의 생각이 몰두해 있는 그 상태를 그는 얻게 되리라." 한편 『지혜서』 23장 7절에는 마음의 중요성을 이렇게 강조한다. "대저 그 마음의 생각이 어떠하면 그 위인도 그러한즉".

나는 너다 39

닮고 싶은 사람이 누구냐 묻자 시프레디*라고 말하는
사람을 알았지

햇빛보다 더 밝은 곳 내 집 있네 떼창唱하는 여름성경학
교 시절, 특식으로 나온 노란 바나나 껍질 벗겨서 먹으며
다른 사람의 것을 흘깃거렸던

햇빛보다 더 밝아 눈이 멀어버릴지도 모르는 푸른 하늘
저편의 집보다
새물내 나는 봄 언덕 위에서
알몸이 되어
자기 자신과 결혼해버린
사람을 알았지

* Rocco Siffredi. 이탈리아의 포르노배우 겸 영화 제작자.

3부

도색잡기桃色雜記
— 유준의 그림에 부쳐

나신의 여자

나신의 여자가 머리를 말리고 있다. 선풍기 앞에 앉아 머리를 매만지고 있는 여자는 벌거벗었다. 치모를 보일락 말락 가리며 엉치 쪽으로 흘러내린 수건 한 장이 걸치고 있는 것의 전부인데, 그것이 오히려 여자의 벌거벗음을 강조한다.

막 목욕을 마친 여자는 '칼리스토'인지도 모른다. 아니면 간디의 갑장 아내였던 카스투르바이 마칸지이거나.

그리스 신화시대의 인물인 칼리스토는 제우스에게 강제로 잃은 순결 탓에 불행한 최후를 당하는 비련의 님프다. 마칸지는 간디의 아내였지만, 간디가 '브라마차리아'의 삶을 살기로 맹세한 이후 버려지다시피 했다.

순결이나 금욕이 숭상받았던 것은 영지주의자들의 영향 때문이다. 세계를 선과 악, 사악한 육체(물질)와 깨끗하고 순결한 영혼(지식과 앎)으로 분리하여 바라보았던 그노스시트 가운데 하나였던 타티아누스는 '성이 악마의 발명품'이라고 주장하며 극단적으로 성을 증오했다. 오죽했으면 예수가 동정녀 마리아의 몸에서 태어난 것도 불결하게 여겨 하늘에서 뚝 떨어졌다고 주장했을까.

타의에 의해서든 자발적으로든 순결과 금욕을 중요시
하던 시대가 있긴 했다. 제정일치의 신본주의 시대의 제관
과 교부들은 '순결한 처녀'를 신의 아내나 여신으로 높였
다. 다나 쿠마리 바즈라차르야*처럼.

소녀는 초경을 치른 이후에 몸매의 곡선이 선연해지면
서 피가 달아오른다. 그리하여 성에 눈뜬다. 자신을 어루
만진다. 손끝에서 발화된 불꽃이 혈관을 타고 번진다. 도
화선에 붙은 불꽃처럼. 소녀는 마침내 무아지경의 쾌감에
전율한다.

그 불꽃을 일러 '욕정'이라고도 하고, '욕망'이라고도
부른다. 호사가들은 '치정'이라고도 번역한다. '순결의 변
절 개종'인 셈이다.

어떤 족속의 율법에 의하면 순결 서약을 깨뜨리고 몸을
더럽힌 처녀에게 닥치는 것은 오직 죽음뿐이었다.

태양신에게 바쳐졌던 소녀가 동네 청년과 사랑에 빠져 순결을 잃고 말았다. 분노한 사제는 소녀와 청년을 생매장했다.

그날 밤 세상의 종말이 닥쳤다. 별들이 운행을 멈추었고 강물이 마르고 산들이 화염을 토해내며 땅이 마구 흔들렸는데, 소녀와 청년이 생매장당한 곳만 멀쩡했다.

기겁한 사제는 태양신의 노여움을 가라앉히기 위해 시체를 불태우기로 하고 묻힌 곳을 파헤쳤다. 시신은 오간데 없고 감자알을 매단 감자 줄기 두 개가 나란히 누워 있었다.

잉카제국에 감자가 등장한 유래다. 순결 파괴가 없었다면 결국 감자는 등장하지 않았을 테고, 그렇다면 세계 인구의 절반 이상이 오늘날에도 기아에 허덕였으리라. 감자는 그런즉 인간의 몸을 혐오스럽게 여기는 영혼 숭배자들에게 한 방 먹이는 주먹인 셈이다.

순결을 잃은 소녀가 불귀의 객이 된 사실도 많지만 추앙받는 경우도 있다. 아승지겁 전에 바라문 가문의 딸로 태어났던 '크시티가르바'가 그렇고 깨달음을 얻으려던 선

재동자를 지혜의 길로 인도한 '바수밀다'가 그렇다.

　수미산처럼 높은 유두와 심해처럼 깊은 배꼽을 드러내고 머리를 매만지는 여인의 등 뒤에 그러고 보니 해골 하나가 놓여 있다. 패주까지 빼앗긴 조개껍질처럼.

　저 해골, 권태로운 삶에 지친 나머지 목적도 의지도 상실한 회의주의자는 아닐까. 도대체 저 사내에게 무슨 일이 일어난 걸까.
　뒤떨어진 곳에 앉아서 지켜보는 고양이가 저간의 사정을 속속들이 알지도 모른다.
　아홉 개의 생명을 가졌다는 고양이는 분명 나신의 여자가 지닌 속성 중 하나일 것이다.

* 힌두교에서 살아 있는 여신으로 추앙받는 존재. 네팔어로는 '처녀'를 뜻한다. 바즈라차르야는 네팔의 쿠마리로 2015년 네팔 지진이 일어날 때까지 살아 있는 여신으로 추앙받았다.

고양이

작업실을 나와
강변 층계 가는 길
버려진 것들이 많이
눈에 띈다 자유를
찾은 길냥이 한때는
뜨거웠던 연탄재 주렁
술병·쥐새끼들
그리고 공허한 화가
희망없는 세상을
살아가는 우리가려나요
삶을 위해 가야 할 길은
어디인가?

戊戌年 二月 中 松南

고양이는 요물이다. 몸 하나에 여덟 개의 목숨을 덤으로 가지고 있어서 아홉 번을 죽었다 살아난다. 게다가 어둠 속에서도 반짝이는 눈이라니.

그 눈빛으로 고양이는 빛과 어둠의 경계를 소리 없이 넘나들며 하늘과 땅의 무겁고도 시시콜콜한 비밀들을 심장 속에 간직한다.

사람들이 간혹 고양이를 산 채로 태우거나 솥에 넣고 찌는 이유는 하늘과 땅의 비밀을 탈취하기 위해서다.

사람들에게 해코지를 당한 고양이는 여덟 번 죽어서도 다시 살아나 복수를 감행한다. 때로 시체를 뛰어넘어 죽은 자를 되살려내기도 한다. 아홉 번째 죽음을 앞두고도 복수를 하지 못했다면 최후로는 제 꼬리에 불을 붙여 삼라만상을 불태워버린다.

고양이로 인한 종말이 두려웠던 사람들은 고양이를 여신의 반열에 올려놓고 숭배했다.

그 여신의 이름이 '바스테트'다. 바스테트는 어머니처

럼 자비롭지만, 어느 순간 돌이킬 수 없을 정도로 잔인하
고 흉포해진다.

　가혹한 계절을 건너가던 고양이가 타버린 연탄재처럼,
찌그러진 술병처럼 눈밭에 뒹굴고 있는 해골을 물끄러미,
연민스럽게 바라보고 있다.

봄비

고양이가 물끄러미 바라보고 있는 해골은 누구인가.

깨진 연탄재, 눈 속에 처박힌 찌그러진 막걸릿병과 등 가물인 저 해골 얼굴의 사내는 대체 누구란 말인가.

해골은 '포기해버린 자'다. 살과 근육으로 이루어진 육체의 욕망과 정신의 죽음까지도 포기한 것이 해골인 셈이다. 철저하게 소유한 것들을 발라내어 오로지 뼈로만 남에게 드러나는 존재.

물어보자.

"포기의 목적이 무엇인가."

해골은 대답 대신 미소한다. 그 미소를 공문空門에서는 '염화시중'이라고 한다. 속세에서는 '이심전심'이라고도 부른다.

약간은 황당한 뜻밖의 질문을 받았을 때, 답을 모르는 열없은 상황에서 자연스럽게 떠오르는 미소가 이를테면 염화시중인 셈이다. 바람 불 때 한꺼번에 확 지는 향기 없는 벚꽃의 섬세하면서도 나약한 몸짓 또는 미소.

혹독한 겨울이 지나고 봄이 온다. 얼었던 눈이 녹으면서 땅거죽이 질퍽거리기 시작한다. 눈이 녹자 눈 속에 파묻혀 보이지 않았던 해골의 손이 드러난다.

세상에나, 손가락이 꼼지락거리더니 삭아 내리는 연탄재와 질퍽거리는 땅을 짚고 일어서기 시작한다. 겨울잠에 들었던 뱀이 깨어 고개를 쳐들 듯이 열 개의 손가락 마디 관절이 꿈틀거리며 땅을 짚고 일어선다.

저것은 나자빠진 자가 다시 일어서려는 자세다. 허방에 빠진 사람이 손바닥에 힘을 실어 바닥에서 솟구치려는 자세다. '달리다 쿰!' 이 한마디에 야이로의 딸이 침상을 짚고 일어서듯이.

그렇다면 다 타버린 연탄재는 무엇인가. 허공에서 강림하듯 내려오는 여성의 정체는 또 무엇인가.

아주 단순하고 소박한 상식 하나,
완벽하게 타버린 연탄재처럼 훌륭한 분갈이용 흙은 세

상에 없다는 것. 배화교도拜火教徒들이 숭배하는 불처럼 자신이 품고 있던 에너지를 불순물 하나 없이 완벽하게 태워버린 연탄재는 훌륭한 분갈이용 밑거름이다.

그리고 허공에서 풍요로운 나신으로 스미듯 내려오는 여자는 봄비의 의인화다.

앞서 나는 한 여신의 이야기를 했다.

모성애를 지닌 어머니처럼 더없이 자비로웠다가 어느 순간 가증스러울 정도로 잔인해지는 여신 바스테스. 그녀는 풍요의 의인화이자 파괴의 의인화이기도 하다. 베스타처럼. 시바처럼

오늘 비스테스가 봄비 되어 내린다.

겨우내 메말랐던 앙상한 나뭇가지며 시든 초목에 생기가 돌고, 안간힘 쓰며 일어서려는 해골 손의 관절 마디마다 피가 돌기 시작한다.

꽃피는 봄날

萬花敢向雪中出一樹獨先天下春

松南 〔印〕

날이 풀리고 눈 녹은 물이 흘러들면 만귀잠잠하던 초목의 뿌리들이 제일 먼저 기척을 알아차린다. 잠결에 젖 냄새를 맡은 아이처럼 일제히 입을 벌려 물을 탐한다. 그러고는 경쟁이라도 하듯 뒤질세라 앞다투어 꽃과 잎을 피워낸다.

그리하여 마침내 봄이다. 어느 시인은 노래했다.

진달래꽃 피는 곳에 내 마음도 피니, 꽃 따는 젊은 아가씨여 꽃만 말고 내 마음도 부디 함께 따 가시라고.

한 송이 두 송이 백 송이 천 송이 만 송이……

꽃들은 우연히 나투는 것이 아니다. 때가 되어 뿌리부터 우듬지 끝까지 차오르는 일생일대의 성정이 더는 내면의 압력을 이기지 못하고 터져버리는 것이다.

그 광경이 얼마나 눈물겹도록 아름다웠으면 사내는 넋을 잃은 채 꽃피는 봄날을 서성거리겠는가.

사내는 손을 내밀어 꽃을 꺾는다. 고이 꺾어와 달항아리에 꽂은 후 침식조차 잊은 채 사흘 밤낮을 심취한다.

꽃피는 봄날에 꽃을 꺾어온 이후 사내는 시름시름 열병을 앓는다. 상사병이라 비웃듯 조롱하는 이들도 있지만, 사람들은 그 내막을 설고 알지 못한다. 죽을 때까지 사내 또한 깨닫지 못하리라.

꽃피는 봄날 꽃을 꺾어 안은 것은 그였지만 실상은 누군가가 피는 꽃을 빙자하여 그의 마음을 사로잡아버렸다는 사실을.

달항아리 속에는 꼬리 아홉 달린 짐승이 산다.
누군가는 그 순해 보이는 짐승을 '사람 되기를 열망하는 구미호'라 부르기도 한다. 구미호는 요사스러운 음성으로 울어 사람을 유혹하여 간을 빼먹는 것으로 알려져 있다.

　사내의 짝이 되고픈 마음을 가진 곰의 화신일 수도 있다. 어리석고 우직한 곰은 어둡고 습한 동굴 속에서 쓰디쓴 쑥과 매운 마늘을 백 일 동안 씹으면서 사내의 마음을 야금야금 후릴 계획을 세울지도 모른다.

　모든 봄날에 피는 꽃은 그래서 애틋하고 처연하다. 꽃 피는 봄날은 그러나 열흘을 넘지 못한다. 아릿하게도.

내기

어디선가 저런 내기를 하고 있다는 소문을 들은 적이 있다.

패할 때마다 입었던 옷을 한 가지씩 벗는 것이 내기의 규칙이라나.

사내는 완전히 벌거벗었고, 여자는 아슬아슬한 천 쪼가리 두 개를 걸치고 있다. 상황증거로 볼 땐 남자의 완패다. 그런데도 내기는 계속되고 있다.

담배를 꼬나문 채 손에 든 패를 주시하는 사내의 표정은 상당히 심각하다. 더는 벗을 옷도 없는데 막판에 무엇을 걸고 패를 받은 것일까. 도거리로 털린 뒤 몇 푼 받은 개평에다가 목숨까지 덤으로 얹어 걸고 최후의 한 방을 노리는 걸까.

홀깃 시선을 뒤로 던지는 여자의 천 쪼가리 속에는 뜻밖에도 화투 한 장이 감춰져 있다.

108

109

눈썰미가 유난히 뛰어난 당신은 그녀가 숨기고 있는 패가 똥 굳은 자라는 것까지 대번에 알아본다. 굳은 자라서 감추고 있어 봐야 별 소용이 없다고 점잖게 훈수까지 둔다.

당신이 간과한 것이 있다.

여자가 감춘 패는 남자의 이성과 추리력으로 판단하고 해석하는 패와는 확연히 다르다.

그 패의 이름은 '망각'이다. 적극적인 행위로는 '버림'이라고도 한다. '어렸을 때는 말하고 생각하는 것이 어린아이와 같았지만 장성하여서는 어린아이의 일을 버렸노라'는 고린도서 저자의 말처럼.

망각이나 버림이 있어야(때로 당해도 봐야) 원한에 찼던 옛사랑의 그림자도 아름답게 여겨지고 새로운 사랑도 한다. 망각의 능력이 고장난 자들에게 남는 것은, 이가 갈리는 '원한'과 치유 불가의 '복수심'뿐이다.

어떤 족속의 교부들은 쉽게 출산의 고통을 망각하고 또다시 몸을 허락하는 여자를 가리켜 '위험한 암컷'이라고도 부르기도 한다. 이 위험한 암컷은 새로운 사랑의 시작을 위해 신성과 요염으로 치장하고 사내를 유혹해 살을 탐하고 골즙을 빨아 속살을 찌운다. 광야의 구리 뱀처럼, 세습 성전의 빛나는 십자가처럼.

그러니 사내들로서는 그녀에게 속수무책 당할 수밖에 딴 도리가 없다. 결국 지는 내기인데도 불구하고 악착같이 달려드는 이유는 그렇지, 그게 삶의 유일한 기쁨이자 뿌리칠 수 없는 하나의 유혹이고 의미이기 때문이다.

운명이라는 이름의 여자

저 벌거벗은 여자에 대해서 동서고금의 수많은 깨달은 이들과 글깨나 쓴다는 문사 나부랭이들이 시시콜콜한 글들을 남겼다.

어떤 학자는 한 줄에 불과한 글에 백여 개의 어려운 주석이 달린 글을 쓰기도 했다. 여자의 권세와 능력이 얼마나 가공스러웠던지 교황 그레고리오 9세 당시 노트르담 대성당에서 신을 찬미했던 리샤르 드 푸르니발은 '그녀에게 저항하는 것은 바다를 마시려는 것처럼 어리석은 짓'이라고 고백했다.

여자가 한 번 원한을 품으면 염천에도 서리가 내린다.

신농씨의 딸 가운데 여왜가 있었는데 동쪽 바다 깊은 곳에서 놀다가 빠져 죽었다. 부리가 하얀 까마귀로 환생한 그녀는 "정위" "정위" 울면서 서쪽 산의 나뭇가지와 돌멩이를 물어와 동해를 메꾸기 시작했다. 자신을 빠져 죽게 만든 동해의 물을 말려버리기 위해서였다.

사람들은 복수의 일념에 사로잡힌 새의 이름을 정위라

고 지었다.

'정위가 바다를 메꾼다'라는 뜻의 '정위전해精衛塡海'가 유래된 이유다.

어처구니없게 무모하고 어리석은 행위지만 잠시도 멈추지 않는 복수심. 여자는 결코 포기를 모른다. 그러니 그녀의 분노와 증오심을 자극하지 말아야 한다.

그런데도 자만심뿐인 남자들은 시시덕거린다.

'새털보다 가벼운 것은 먼지고 먼지보다 가벼운 것은 바람이고 바람보다 가벼운 것은 여자고 여자보다 가벼운 것은 세상에 아무것도 없노라고. 세상에서 가장 가벼운 것은 다름 아닌 여자라고.'

내가 얼마나 가벼운지 보라는 듯 나신의 여자가 묘한 미소를 지으며 사내의 등에 올라타고 있다.

무릎을 구부린 사내는 힘에 부치는지 두 팔로 얼굴을 감싸고 있다. 고통과 고뇌의 표정이 역력하다. 깃털보다 먼지보다 바람보다 가벼운 것이 여자임에도 불구하고 여자는 존재 자체만으로도 사내에게 버거워 보인다.

그래서일까. 붓다도 공자도 예수도 소크라테스도 톨스토이도 니체도 결혼생활에 실패했다. 사대 성인으로 불리는 이들 가운데 유일하게 성공적인 결혼생활을 영위한 사람은 마호메트뿐이다.

첫 부인 하디자는 결혼한 전력이 있는 미망인이었다. 하디자가 먼저 세상을 떠나자 맞이한 두 번째 부인은 아홉 살 소녀인 아이샤였다.

두 여자의 확고한 사랑과 헌신과 믿음이 있었기에 일개 상인에 불과했던 마호메트는 우뚝 섰고 결국 사대 종교 중 하나인 이슬람교의 창시자가 되었다. 그 사실은 무엇을 의미하는 걸까.

'불합리하므로 나는 믿는다'라고 외쳤던 테르툴리아누스는 여자를 일컬어 '지옥으로 가는 문'이라고 일갈했건만.

보살도

눈보라가 휘몰아치고 황소바람이 찢어진 문풍지 사이로 짓쳐드는 엄동설한이었나.

철쭉이 붉고 뻐꾸기 소리 심사를 어지럽히는 춘정 가득한 봄밤이었나. 희미한 인기척이 들린다.

삼매에 들었던 사내는 가부좌를 풀고 일어나 밖으로 나선다.

뜻밖에도 금방이라도 해산할 것처럼 배가 부른 여인이 하룻밤 쉬어가기를 청한다. 먼 길을 오래 걸어온 탓인지 남루하고 피곤에 지친 몰골이지만 여인의 체취를 맡는 순간 물리쳤노라 자부했던 음심이 꿈틀 일어선다.

'저건 나의 오달悟達을 방해하기 위한 악마의 분신이다.'

사내는 이를 악물며 단전에 힘을 준다. "썩 물러가시오. 이곳은 악마가 범접할 수 없는 청정도량이오."

사내는 스승의 말을 되뇌며 여인을 준엄하게 꾸짖는다.

오래전 스승은 경고했다. 설령 독사의 아가리에 남근을 넣을지언정 여성의 음부에는 넣지 말라고. 잉걸 속에 넣을지언정 여성의 그곳에는 결코 남근을 집어넣지 말라고.

사내는 그 계율을 주문처럼 외우며 냉정하게 돌아서서 문을 닫아걸려다가 멈칫한다.

일체가 공한 것인데 깨달음이란 도대체 무엇인가. 무엇이 악이고 또 선인가. 만유제법이 불이이고 본래무일물인 것을. 부처를 만나면 부처를 죽이고 조사를 만나면 조사를 죽이고 자아를 보면 자아를 죽이고…… 중생의 고통을 외면하지 않는 것도 보살행이 아닌가.

사내는 만삭의 여인을 안으로 들인다.

그날 밤 산기를 느낀 여인이 사내에게 또다시 도움을 요청한다. 사내의 도움으로 무사히 아이를 분만한 여인이 이번에는 목욕물을 부탁한다.

여인이 몸을 담그는 순간 목욕물이 향기 가득한 황금물로 변하고, 여인은 자신의 정체를 밝히며 사내에게 금물에 몸을 담그라고 말한다. 자신은 관세음보살로 사내의 깨달음을 성취시켜주기 위해 현신한 것이라며.

노힐부득이 만삭의 여인으로 현신한 관세음보살의 유혹에 굴복하여 성불에 이르는 이야기다.

유혹이 없는 세상이 존재할까.

사내 뒤에서 나를 바라보고 있는 고양이는 그런 세상을 알고 있는지도 모르겠지만 나로서는 유혹이 없는, 욕망이 사라진 세상을 상상할 수가 없다.

욕망이 있어 사람이고 유혹이 있어 매혹적인 세상을 살아간다.

돈이, 권력이, 명예가, 삶이, 슬픔이, 기쁨이, 성과 죽음이 때로 요구한다. 자기들을 존중하고 공경해달라고.

그들의 유혹에 저항하기도 하지만 가끔은 져주기도 해야 한다. 왜냐하면 그것이야말로 색즉시공의 보살도를 행하는 일이니까. 남녀불이男女不二, 번뇌즉보리煩惱卽菩提의 경지에 이르는 일이니까.

깨달음

사내는 생각한다. 금단증상에 시달리는 마약중독자처럼 생각한다. 네 가지 진리四諦를 눈앞에 두고 흔들리는 수도승처럼 생각한다. 촛불 위에 손을 얹고 결혼 허락을 기다리는 화가처럼 생각한다. 뼈 중의 뼈요 살 중의 살이었을 여자를 생각한다. 위험한 짐승의 손이 닿는 순간 미지의 까마득한 어둠이 되어버린 꽃을 아니 여자를.

삼십이대인상三十二大人相의 빼어난 걸승乞僧에겐 아니었나보다.

탁발 중인 사내가 예사 인물이 아님을 알아본 마을 장로가 합장하며 말했다.

"도반이시여, 제게 참한 딸이 하나 있어 마침 사윗감을 구하는 중인데 당신이라면 딱 어울립니다. 제 여식을 받아주실랍니까?"

바리때를 집어넣고 걸망을 추스른 구법승은 무례하게도 이렇게 말했다.

"너의 딸은 똥오줌이 가득한 더러운 가죽 주머니일 뿐이다. 나는 손이 아니라 발로서라도 네 딸을 건드리기 싫다."

대체 이 오만한 발언의 근거는 무엇일까. 실상 수도자랍시고 동정童貞을 애지중지 지켜온 그의 몸도 발라당 까

보면 똥이며 오줌 가득한 내장이 전부일 뿐일진대.

그런가 하면 90년대에 활동한 시인은 "내 나이가 몇 살이냐, 서른 하고도 다섯이다. 서른다섯, 그런데 아직도 지나가는 여자들을 보면 하고 싶을 때가 있으니, 헛살았다"고 탄식하면서 "거리엔 미니스커트와 핫팬츠와 반바지의 물결……/ 나는 기분이 좋다"*고 노래했다.

연화좌로 해골이 앉아 있다.

해골은 화가의 분신이다. 화가가 그림을 그리듯 사내는 향을 태운다.

사내가 사른 향이 조금의 흩어짐도 없이 올곧게 피어오르는 허공중에 홀로그래피처럼 여자가 나타난다.

풍만한 유방 도드라진 젖꼭지, 움푹 파인 배꼽. 여자는 나신이다.

아뿔싸, 자세히 보니 나신이 아니다. 나신의 몸에 반쯤 열린 자크가 달려 있다. 그러니까 저 몸이 여자의 외투인 셈이다. 몸의 형상을 한 외투 속에 진짜 여자의 정체가 감추어져 있다.

삼매에 든 사내는 여자의 나투를 깨닫지 못한다.

그렇다면 여자로 나타난 저 형상은 있는 그대로의 존재인가, 환상인가. 착각인가. 한순간의 꿈인가 미망인가 누구도 건들지 못할 아집의 상징인가. 바스테트 여신인가. 측은지심의 성모인가. 오줌과 똥으로 가득 찬 가죽 포대인가.

화가는 분명 무언가를 깨달았고 그것을 그림으로 구현했다. 오사리잡놈 같은 나로서는 그 속내를 도무지 헤아릴 수 없다.

사람들은 저 그림을 보며 기분 좋게, 혹은 고통스럽게, 생로병사나 애고별리, 회자정리의 분위기를 감지할지도 모른다. 세상의 모든 슬픔 속에 똬리를 튼 막다른 기쁨의 실체를 문득 깨달을지도 모른다. 일상의 지긋지긋한 권태에 균열을 내고 찰나의 기쁨을 주는 선물 포장지처럼.

* 「권태·73」(김영승 시집, 『권태』, 책나무, 1994).

123

기도

아이러니하게도 공포와 일말의 기대감이
동시에 찾아온다.

사내는 피를 흘리며 하늘을 바라본다. 하
늘에는 돌덩이 하나가 떠 있다. '천국의 문으
로' 선택받은 이를 실어 가려는, 헤일-밥 혜
성의 뒤를 따르는 마샬 애플화이트의 UFO
처럼.

나신의 여자가 등을 보이며 앉아 있는 미
확인비행물체는 그렇다면 천국을 향하여 이
륙 중인 걸까 아니면 천국에서 출발하여 이
땅에 막 도착한 것일까.

해골로 남은 사내의 애처로운 눈빛을 매몰
차게 뿌리치고 탈출하는 거라면 사내만 남
겨진 땅은 곧 걷잡을 수 없는 황폐와 혼돈에
빠질 것이다. 그러고는 비극적인 종말이 닥
치겠지.

반대의 상황이라면 이야기가 달라진다.

샹그릴라를 떠나 박토에 도착한 여자는 쓰
러진 사내를 일으켜 세우고 씻긴 후 젖을 물

125

릴 것이다, 감옥 속에서 극단적 굶주림으로 아사 직전의 아비에게 젖을 물리는 페로*처럼. 소돔과 고모라의 지옥 불에서 살아남아 근친상간도 불사하는 롯의 딸처럼.

몸을 푼 여인은 자신의 핏줄에게 젖을 물리고 불을 피우고 음식을 만들겠지.

사내가 밭을 갈면 땅은 곡식을 내고 샘이 솟으리라. 미풍에 장미꽃은 향기를 흔들고 새들은 수시로 재잘거리리라. 알을 깨고 나온 난생의 뱀은 나무를 기어올라 새를 노리다 여의치 않으면, 밭고랑으로 스며들어 잠시 한눈을 파는 사내의 발뒤꿈치를 깨물겠지.

뱀에게 물린 사내는 새로운 사랑을 찾아 또 방황하고.

이런 윤회가 슬프고 고약하고 고통스럽긴 하지만 때로 달콤하기도 한 것이 사바 아닌가.

어쨌거나 최후의 사내는 여인의 측은지심에 기대어야만 할 것이다.

사내는 절규한다.

"자비로운 어머니여, 거룩한 어머니여! 이 무서운 날에 어찌하여 나를 버리시나이까. 나를 버리지 마소서. 제발 불쌍히 여겨 나를 구원하소서!"

천국이나 구원 따위가 있고 없고는 상관없는 일이다.

사내는 손에 쥘 수 없는 것을 갈망하고 세상에 존재하지 않는 곳을 언제나 찾아 헤매다가 좌절하고 무너진다.

그런 사내를 구원하는 것은 모성을 지닌 여인의 자비심이다. 그 자비심 때문에 세상은 고통 속에서도 새로운 아침을 맞이한다.

오장설五障說을 신봉하거나 여인의 육체를 똥오줌 가득한 가죽 포대로 취급하는 삼십이대인상의 수도승들에게 세상은, 파헤쳐진 무덤 같은 불모지라서 뼈마디가 어긋나거나 시커멓게 썩어 문드러진 해골이 득시글거리는 곳인지도 모른다.

그런 세상의 삶과 윤회는 참으로 징그럽고 끔찍한 것

이라면서 감히 해탈을 성취해버린 선사는 주장자 들고 법상에 올라 알아들을 수도 없는 법문을 설하다 장엄하게 다비식까지 치르고 열반 궁전으로 들어간다. 그 궁전의 이름이 적멸보궁이다.

해골의 사내는 버려졌다.
파헤쳐진 무덤 위에 누운 그에게 광장공포증과 더불어 추위가 닥친다. 무시무시한 밤하늘이 회오리바람처럼 휘몰아치고 그는 이빨을 딱딱 마주치면서 사시나무처럼 몸을 떤다.
신을 믿기라도 했으면 욥처럼 자신의 탄생을 저주라도 할 텐데. 세상에 이런 외로움의 재앙이, 불안이 또 있을까. 속에서 구토처럼 욕지기가 치밀어오른다.
속엣것을 게워내기 위해 고개를 모로 돌리는 사내에게 문득 향긋한 냄새가 닥친다. 낮고 따뜻한 음성이 귓전을 파고든다.
"나의 해골…… 당신은 추워서 떨고 있어…… 이를 딱딱거리고 있어……."**
숨진 아들을 안고 비탄에 잠긴 어머니처럼 개짐 빨던

물을 원효에게 떠주는 관음보살처럼 여인은 동정심으
로 추위에 이를 딱딱거리며 흐느끼는 해골을 품에 안
는다.

* 페테르 파울 루벤스의 그림 〈시몬과 페로〉.
** 조르주 바타유, 『하늘의 푸른빛』.

중독

제우스가 예쁜 딸을 얻어 너무나 기쁜 나머지 잔치를 벌였다. 딸의 이름은 아프로디테.

그녀는 지혜와 아름다움의 여신이었다. 자식 앞에서는 왕 중의 왕도 팔불출에 불과하다. 하물며 지혜와 미의 여신을 딸로 얻었으니 의기양양이 오죽하겠는가.

제우스는 암브로시아와 넥타르를 상다리가 휘도록 차려놓고 세상의 모든 신들을 초대했다. 당연히 궁핍의 여신도 초대받았다. 궁핍의 여신은 산해진미를 마구 입으로 가져가면서도 – 먹으면서도 배고픔에 시달리는 존재의 비극이여! – 채워지지 않는 궁핍을 어떻게 하면 타개할 수 있을까 노심초사했다.

그러다 문득 고개를 돌려보니 흥청망청 먹고 마시다가 식곤증을 이기지 못하고 나자빠진 풍요의 신을 발견했다. 그날 은밀히 궁핍의 신은 풍요의 신 곁에 누웠다. 그리하여 태어난 것이 에로스다.

에로스는 정의하자면 극단적 결핍이 극단적 풍요를 범하여 태어난 사생아다. 그래서 사랑에 빠진 사람은 풍요

와 결핍을 동시에 경험한다. 헤어날 방법 없는 중독; 당신
이 내 곁에 있어도 나는 여전히 당신이 그립다는 말는 그
렇게 생겨났다.

사내는 술잔을 타고 오른다. 그리하여 술잔 속에 풍덩
빠진다. 술은 사내의 이성을 마비시켜 불안한 마음을 가
라앉히고 불안을 누그러뜨린다. 사내가 무엇 때문에 불안
해하느냐고 묻는다면 당신은 사람이 아니라 동물이거나
천사일 것이다.

이 답은 오류다.
동물도 위기가 닥치면 존재의 불안을 느낀다. 하다못해
식물마저도, 타락 천사마저도 그러하다. 술은 그러하므로
사내에겐 항불안제의 대체물이다.

사내는 술에 취한다. 취한다는 의미는 분명하다. 결핍
과 불안을 증폭시키는 이성적이고 획일적이고 폭력적인
사회로부터 스스로 괴리되어 자신만의 내면, 자신만의 세
계를 응시하는 행위다.

응시 후에 욕망이 생긴다. 훔쳐보는 사람의 꿈틀거리는 욕망처럼.

사내는 욕망을 감각하고 포로 삼기 위해 떨리는 손을 내밀어 화폭에 새로운 선 하나를 긋는다.

그것이 송남 유준의 그림이다.

송남의 그림을 보면서 나는 중독에 빠진 사람의 이율배반적인 심사를 동시에 경험한다.

은밀히 예수의 옷자락을 만지는 혈우병 앓던 여인의 손처럼 아니, "당신이 죽었으면 좋겠어요"라는 쇼뱅의 말에 "그대로 되었어요." 대꾸하는 안 데바레드*의 창백한 음성 같은.

* 마르그리트 뒤라스, 『모데라토 칸타빌레』.

달아실에서 펴낸 심종록의 책

산문집 『벗어? 버섯!』(2021)

달아실시선 82

의기양양하게 쓸쓸한

1판 1쇄 발행	2024년 9월 20일
지은이	심종록
발행인	윤미소
발행처	(주)달아실출판사
책임편집	박제영
기획위원	박정대, 이홍섭, 전윤호
편집위원	김선순, 이나래
디자인	전부다
법률자문	김용진, 이종진
주소	강원도 춘천시 춘천로 257, 2층
전화	033-241-7661
팩스	033-241-7662
이메일	dalasilmoongo@naver.com
출판등록	2016년 12월 30일 제494호

ⓒ 심종록, 2024

ISBN 979-11-7207-027-4 03810